Max Malo

au grand galop

Texte de Bertrand Gauthier
Illustrations de Pascale Constantin

QUÉBEC AMÉRIQUE Jeunesse

Catalogage avant publication de Bibliothèque et Archives nationales du Québec et Bibliothèque et Archives Canada

Gauthier, Bertrand
Au grand galop
(Série Max Malo ; 1)
Pour enfants.
ISBN 978-2-7644-0705-9
I. Constantin, Pascale. II. Titre.
PS8563.A847A9 2009   jC843'.54   C2009-940622-5
PS9563.A847A9 2009

 Conseil des Arts   Canada Council   SODEC
du Canada   for the Arts   Québec

Nous reconnaissons l'aide financière du gouvernement du Canada par l'entremise du Programme d'aide au développement de l'industrie de l'édition (PADIÉ) pour nos activités d'édition.

Gouvernement du Québec – Programme de crédit d'impôt pour l'édition de livres – Gestion SODEC.

Les Éditions Québec Amérique bénéficient du programme de subvention globale du Conseil des Arts du Canada. Elles tiennent également à remercier la SODEC pour son appui financier.

Québec Amérique
329, rue de la Commune Ouest, 3e étage
Montréal (Québec) H2Y 2E1
Téléphone : 514 499-3000, télécopieur : 514 499-3010

Dépôt légal : 4e trimestre 2009
Bibliothèque nationale du Québec
Bibliothèque nationale du Canada

Projet dirigé par : Marie-Josée Lacharité
Révision linguistique : Diane Martin et Chantale Landry
Conception graphique : Isabelle Lépine
Illustrations : Pascale Constantin

Imprimé à Singapour.
10 9 8 7 6 5 4 3 2 1   13 12 11 10 09

À *Bella Suzanna*
B. G.

À *mon chéri bibi*
P. C.

Ce jour-là, Max Malo court dans les bois. Autour de lui, le vent souffle, les feuilles dansent, les oiseaux chantent et les loups restent silencieux.

Pendant que le vent souffle, que les feuilles dansent, que les oiseaux chantent et que les loups restent silencieux, que font les parents de Max Malo ? Ils jasent entre eux.

Tout à coup, Max Malo s'arrête. Devant, deux sentiers s'offrent à lui. Lequel prendre ? Pour le savoir, il suffit que Max Malo pose la question à son père ou à sa mère. Max Malo a beau chercher son père, il ne le trouve pas. Max Malo a beau chercher sa mère, il ne la trouve pas. Ni l'un ni l'autre ne sont derrière lui. Ni devant lui. Ni à sa gauche. Ni à sa droite.

Max Malo se rend à l'évidence : sa mère et son père ne sont nulle part.

Max Malo devrait être surpris, mais il ne l'est pas. Depuis quelque temps, le garçon est convaincu que ses parents ne l'aiment plus. La preuve ? Son père et sa mère le disputent souvent. Et chaque fois qu'ils le disputent, c'est pour des riens.

Max Malo n'est donc pas étonné que ses parents cherchent à se débarrasser de lui. Et c'est aujourd'hui que son père et sa mère ont décidé de l'abandonner pour de bon.

« Que vais-je devenir ? » songe le garçon délaissé, maintenant seul dans les bois. Au moment où il va éclater en sanglots, Max Malo sursaute. À deux pas de lui, un grand animal cornu l'observe. Effarouché, Max Malo recule.

Voyant que l'animal semble doux comme un
agneau, le garçon s'approche et commence à
le flatter. Max Malo n'est plus seul, il saute sur
l'animal et lui murmure à l'oreille :
— Galope, antilope !

Docile, l'antilope part au galop. Peu de temps après avoir quitté les bois, Max Malo aperçoit une vallée. Une verte vallée pleine de hauts arbres au feuillage abondant.

Ggaourrgg!!! Max Malo entend un cri aigu. Ggaourrgg!!! Ggaourgg!!! les cris aigus se font plus nombreux. Ggaourrgg!!! Ggaourgg!!! Ggaourgg!!! les cris aigus résonnent dans toute la vallée.

Max Malo croit rêver. Il se pince. Non, Max Malo ne rêve pas, il est bien réveillé. Devant lui, des dizaines d'animaux géants mangent les feuilles des arbres.

« Mais ça fait des millions d'années que les dinosaures sont disparus ! » s'étonne Max Malo.

Infatigable, l'antilope repart au galop. Solidement agrippé, Max Malo regarde derrière lui. En un rien de temps, les dinosaures sont devenus aussi petits que des fourmis.

Brrr..., il commence à faire froid. Brrr..., brrr..., encore plus froid. Brrr..., brrr..., brrr..., de plus en plus froid. Grelottant, Max Malo se rend compte qu'il est au milieu d'un immense plateau enneigé et glacé.

Max Malo n'est pas au bout de ses surprises. En plus d'être frigorifié, il voit s'approcher un troupeau de gros animaux. Protégées par une épaisse toison laineuse, ces bêtes ne risquent pas de souffrir du froid.

«Mais ça fait des milliers d'années que les mammouths sont disparus !» bredouille Max Malo de ses lèvres tremblantes.

En plus d'être docile et rapide, l'antilope est agile. Même sur la glace, l'animal file comme s'il était sur la terre ferme. L'antilope galope si vite qu'elle s'éloigne rapidement du plateau des mammouths.

Peu à peu, il fait moins froid. Ouf…, il commence même à faire chaud. Ouf…, ouf…, encore plus chaud. Ouf…, ouf…, ouf…, de plus en plus chaud.

Subitement, Max Malo et son antilope sont encerclés par des animaux menaçants. Autour d'eux, trois bêtes redoutables ne cessent de cracher du feu.

« Mais les dragons cracheurs de feu n'ont jamais existé ! » songe
Max Malo, impatient de quitter cet endroit.

Comme si elle avait lu dans les pensées de Max Malo, l'antilope bondit entre les pattes des dragons. Malgré la chaleur, l'animal n'a rien perdu de sa vigueur. À la vitesse de l'éclair, les dragons menaçants sont déjà loin.

Libéré des griffes des dragons, Max Malo réfléchit. «Quelle autre surprise me réserve cette antilope ? » Soudainement, à l'approche d'une forêt, l'animal ralentit. «Cette antilope veut-elle m'abandonner au milieu des loups ? » s'inquiète Max Malo.

Maaaxxx Maaalooo…, crie une voix lointaine dans les bois. Maaaxxx Maaalooo…, répète une autre voix lointaine dans les bois. Maaaxxx Maaalooo…, Maaaxxx Maaalooo…, où es-tu ? crient les deux voix lointaines dans les bois.

Max Malo n'en croit pas ses oreilles. Plus de doute possible, ces voix de moins en moins lointaines sont celles de son père et de sa mère.

Fébrile à l'idée de serrer bientôt ses parents dans ses bras,
Max Malo glisse à l'oreille de l'antilope :
— Stoppe, antilope !
Max Malo n'a pas à le répéter, l'antilope freine.

Aussitôt, le garçon bondit par terre. Après avoir chuchoté un secret à l'antilope, Max Malo galope en direction de la forêt.

Dès qu'il voit ses parents, Max Malo saute dans leurs bras en hurlant de joie. Le jeune garçon est comblé, son père et sa mère l'ont toujours aimé et n'ont donc jamais voulu l'abandonner.

Quel est donc ce secret que Max Malo a chuchoté à sa galopante amie avant de la quitter ? Essayez de le trouver. Et pour vérifier si vous avez bien deviné, galopez jusqu'à la dernière page de ce livre.

— À bientôt.